KB103640

멈춰있는 구름

발 행 | 2021년 02월 08일
저 자 | 최공의
펴낸이 | 한건희
펴낸곳 | 주식회사 부크크
출판사등록 | 2014.07.15.(제2014-16호)
주 소 | 서울특별시 금천구 가산디지털1로 119 SK트윈타워 A동 305호
전 화 | 1670-8316
이메일 | info@bookk.co.kr

ISBN | 979-11-372-3595-3

멈춰 있는 구름

시 최공의

사진 이광호 최공의

rd

赤, 그리고 思

rd

赤, 그리고 思

lov

愛, 그리고 得

—— 시를 시작하기에 앞서

시의 주인은 작가가 아니다.
작가가 어떤 마음으로 시를 썼든,
읽는 순간 시는 독자의 것이 되기 때문이다.
또한,
시인이 자신만의 경험과 감정을 담아낸 것처럼,
독자도 자신의 경험과 감정에서
공감할 수 있는 만큼 공감할 것이고,
그 방향대로만 공감할 것이기에.

그렇기에 시를 읽을 때는 시의 운율이니, 뭐니,
그런 것들을 분석하려고 하지 말고,
자유롭게 공감하고 상상하며 읽는 것이 좋다.

글쓴이인 내가 보기에 아름다운, 잘 썼다 내로라하는
시가 오히려 읽는 사람에겐 형편없을 수도 있고,
반대로 내가 보기엔 후줄그레하고
초라한 시가
누군가에겐 근사한 시가 될 수도 있으니까.

분명 그럴 테니까.

시를 읽고 쓰는 것에 앞서
우리는 늘 이 점을 기억해야 한다.

최공의, 2021

1부. blu

한때 나를 무너뜨렸던 감정이
나를 생명으로 이끌 거라고 생각이나 했을까.
지금의 삶과는 너무나 동떨어진 기억이 되어 버렸지만,
그것은 언제까지고
나를 삶의 본연으로 돌려 보낸다.

나조차 나를 포기했을 때,
그는 나를 포기하지 않았다는 사실을
그제야 알게 되었으니.

青, 그리고 悲

———

누군가에겐 얘기하기 부끄럽고, 숨기고 싶은,
그런 이야기일 수도 있다.
그러나 내가 이 감정과 기억을 잃어버린다면,
혹시라도 그런 비극이 나에게도 일어난다면,
나는 그 빈 공간을 메우지 않은 채
그대로 간직할 것이다.

언젠가, 죽기 전 잠깐이라도,
그 감정이 돌아올 수 있도록.

슬픔이라 말하면

사랑의 반대말은 슬픔이라,
나는 그리 생각한다.
그런 의미에서
사랑보다 슬픔이 나에게 더 가깝다.
슬픔이 사랑보다 더 친절하고,
그래서인지 더 친근하게 느껴지기도 한다.
차라리 몰랐으면 좋았을 걸.
어째서 사랑이라는 꿈을 꿔버린 걸까.

아직도 나에게 사랑이란 먼 얘기라,
나는
슬픔을 노래하겠다.

02시

별이 져가는 02시
고작 둘만이 나무둥치에 앉아
새벽을 지킨다.

온기란 온기는 모두
침낭 속에 두고
작은 핫팩 하나로
작은 핫팩 하나로

별마저 숨어버린 겨울밤
해를 기다린다.
반드시 뜰 태양을
기다린다.

달이 밝다

해진 구두가 타박거리는 골목
언젠가 스쳤던 그림자도,
언젠가 기댔던 어깨도 모두 희미해졌건만,
어째서인지 너와의 기억이
이 밤에 밝다.

고운 숨결 남긴 네가 있기에
나는 오늘을 겨우 지내고,
다시 혼자가 될 외로움도
겨우 견딘다.
이렇게 달궈진 눈시울
달빛이 서리는데,
어째서인지 너의 모습이
달보다 밝다.

네 모습 서린 골목을 걸으며
두 손 모아 눈가를 힘껏 쥔다.
더 이상 흘리고 싶지 않아
고개를 치켜들자

참, 달이 밝다.

오늘 거짓말을 했습니다

거짓말을 했습니다
괜찮다고, 잘 지낸다고,
이 수화기는 너무 작아 내 표정 들킬 리 없기 때문입니다.
사실은 말이죠.
오늘 병원에 갔다 왔어요.
무척이나 어두운 방에
무시무시하게 큰 기계에
처음 보는 것도, 처음 듣는 것도 많았습니다.
마치 좀 전까지 시체가 누워있었던 것처럼
수술대는 차가웠습니다.
그리고 나는 그 위에 하나의 시체가 되었습니다.
어릴 적이라면 곧장 엄마아빠하며 달려가
자초지종을 말하겠지만
이젠 다 컸는 걸요.

그래서 오늘 거짓말을 했습니다.
이미 들켰는지도 모를 거짓말을,
그리고 이제야 깨닫습니다.
어머니, 아버지가 늘 괜찮다고 하시는 말의 의미를.
어째서 괜찮다는 말은
괜찮지 않은 이에게 허락되는 걸까요.

제목없음 1

밤꽃향기 아른거리는,
끊어질 것만 같은 미풍에
나는 그만 중심을 잃고 쓰러진다.

연병장엔 나 하나
그늘에 모인 누구 하나
선뜻 달려오지 않아
이제는 정말 지쳤다.
더는 일어서고 싶지 않다.

매미가 울음이 그치기 전에
잠자리가 날아들기 전에

정말 싫은 세상에서
내가 좋아하던 순간에
내가 좋아하던 일을 하다가
돌연,
죽고 싶다.

헌배(獻杯)

독한 술 한 잔에
오늘 오지 못한 친구의 이름 하나

늘 값싼 술 찾던 너였는데
너의 슬픔도 웃음이 되던 우리에게
너의 끝은 더 이상 웃을 수 없게 되었구나

다음에 또 만나, 라는 말이 무색해져 버린 지금
잘가, 라고 너의 웃는 사진 앞

우리의 시작은 기억나지 않지만
너의 끝을 위한
한잔의 헌배

2월 19일 입대한 친구

헤어질 때마저 웃던 우리.
다시 만날 약속은 하지 않았지만,
이미 너를 만날 생각에
마음이 부푼다.

서로의 21개월을 참고 다시 만나면,
변하지 않고 다시 만난다면,
우리는 서로를 알아볼 수 있을까.
상하지 않은 웃음들을 털어놓을 수 있을까.

진한 녹음에 덮인 밤
박차고 일어날 것같이 심장이 요동친다
그것은 기대 때문인지, 불안 때문인지.

나쁜 친구

말을 부딪치면
마음 어딘가에선 피가 흐른다.
그 붉은 선혈 아래 살아온 우리.

네가 가는 길에
흘릴 눈물조차 남지 않았는데
아무런 예고도 없이 홀로 떠난다니.
끝까지 너는 나쁜 친구였구나.

네 이름 새겨진 상처를 떠올리면
눈가가 간지러워
웃음이 나온다.
나와 닮은 상처에
절로 눈물이 난다.

이제는 만날 일 없는
나쁜 친구야.
너의 기억에
나는 또 한 번
한숨짓는구나.

9.8

그저 어둔 베란다를 걸어
자유낙하의 바람을 쐬고 싶어라
그것이 지옥으로 향하는 지름길임을 알면서도
모든 희망을 잃어버린 나에게
남은 것은 질문뿐이니
지금이라도 찬란한 달밤을 걸어
조금 빨리
신에게로 가고 싶다
물어볼 것이 있으니

봄비

봄비가 눈이 되어 내리는데
날씨얘기 할 사람
하나 없다.

어제 헤어진 연인이 생각나도
이미 떠나간 인연이거늘

처음 만난 할매할배
인연이라며
중앙선은 이렇게나 북적이는데
나는
어딜 가든지 얘기할 사람
하나 없다.

눈도, 사람도,
이렇게나 서로 붙어있는데
곁에 인사 나눌 사람
하나 없다.

세상에 이보다 서러운 일이 있을런지.

눈물에 관한 짧은 시

#1
사람에게 눈물이 있는 것은
자신을 볼 수 있기 때문이다.

#2
사랑한다 하면서 눈물을 흘리면
대체 어쩌자는 거지요.

#3
그곳에 상처가 있기에
나는 운다.

그곳에 사랑이 있었더라면.

네가 남기고 간 것

네가 있던 자리에 말을 건넨다.
나는 네가 부럽다.
이제야 네가 짊어지던 것들의 무게가 느껴진다.
먼저 떠난 네가 부럽다.

네가 남긴 것들까지 짊어지느라고
내가 이렇게 힘든 것이 아니냐.
웃음으로 가리며 이리 말했지만,
사실 무책임한 것은 나.

그때의 감정,
그때의 눈물,
조금이라도 덜어 주지 못해 미안해.

이렇게나 식지 않는 감정은
어쩌면 네가 남기고 간 것일지도 모른다.

기도 2

하나님, 오랜만에 불러보네요.
21년간 믿었고, 21년간 의지했던
그 이름.

그런데 지금 너무 외로워요.

너무나 힘들어서

화장실에서 숨죽여 울고 있어요.

나만 상처받고, 나만 울게 돼요.

더욱 괴로운 건

괴로운 사실조차 숨겨야 하는 제 자신이에요.

울어도, 화내도, 피해도, 노력해봐도,

무너질 뿐이에요.

이제 제가 하기 싫은 선택들이 생각납니다.

그 길로 제가 들어설까 두려워요.

저는 살고 싶어요.

더 이상 못 견디겠어요.

그러니 옆 칸에서 조용히 제 기도를 듣고 계신다면,

나를 바라봐 주세요.

나를 살려주세요.

소나기 속으로

느닷없이 내리는 소나기
모두가 숨은 그늘에서
혼자가 될 수 있는 빗속으로

세차게 내 머리 위로 내려줘
내 눈물을 숨길 수 있게
더 요란하게 소리쳐줘
나에게도 내 울음이 들리지 않게

그러나 실상은
네가 떠나버린 곳에서
숨죽여 울 뿐
조촐한 샤워기로 너를 대신할 뿐

뜨거운 물줄기 속
이미 알고 있는 것은
소리 없는 울음은 침체된다는 것

하늘 걷기

구름과 가까워지는 높이 21m
그곳에서 만난 세상에
작은 몸을 바친다.

억울한 심정은 이렇게 밖에 풀 수 없다는 사실을
이미 지나간 영혼들이 말해주었으니

초라한 심정을 세상에 기대는 마음으로
한 걸음 앞으로

아직은 모르는 내일이
이제는 두려워
하늘을 향해 발을 내딛는다.

하늘은 그런 나를 받아줄까.

로라반 정 0.5mg

로라반 정 0.5mg
아주 작은 크기에 담긴
이름 복잡한 화학물

갇힌 곳으로 돌아가
잠시 죽은 시들을 읽자
곧,
생을 향해 날카롭게 호령하던 숨결이
뭉툭해진다.

어쩔 수 없다.
그것만이 허락되었으니.
이국의 어느 아낙네가 부르는 재즈를 자장가 삼아
꿈 속을 헤매인다.

몽롱한 눈으로 맞는 새벽은
언제나 이국적이다.

2부. grn

자연이라는 것은 그 힘에 비하면
무책임할 정도로 순진무구하다.
언제나 나를 기억 속으로 밀어 넣으면서도,
- 예를 들어 군대라든지, 어린 시절이라든지 -
감상에 젖을 즘이면 다시 현실감각을 일깨우곤 한다.

자연이라는 것에 끌려다닌 지 23년째를 맞아
나는 그것에서 신의 모습을,
그의 섭리를 발견할 수 있었다.
누구는 아직 인류에겐 허락되지 않은 과학이라 하고,
누구는 우주의 힘이니, 운명이라 하는 그것을.
그러나 나에겐 다른 무엇보다 신의 존재를 증명하는
분명한 메시지였다.

綠 그리고 理
—

불가항력.
그 엄청난 힘으로
자연은 나를 용서한다.
위로하고, 공감한다.
나는 그에게 아무것도 할 수 없지만,
그는 나에게 모든 것을 해준다.

그러나 오해하지 않길 바란다.
그렇다고 내가 인류의 시계를 거꾸로 되감거나,
자연을 찬양하며 모든 것을 포기하자는 건 아니다.

자연도 그것을 바라지는 않을 것이니.

눈의 목소리

눈의 목소리가
나를 달래러
내려온다

눈의 목소리가
나를 달래러
내려온다

그것은
긴긴 어둠을 꿰뚫는 소리
창틈 사이로
기어이 들어오는 소리

그가 말하길
하얗게 물든 세상이어라
언제까지고 하얗게 물든 세상이어라

오늘밤도
나를 달래는
눈의 목소리
이토록 서럽게 내려오지만

모닥불 1

자신마저 집어삼킬 듯한 불이 아닌
은은하게 타오르는 모닥불.
긴긴 밤 동안 사그라지지 않는
그것은 너였다.

모든 비밀을 숨겨둔 벌건 그 속
그마저도 다 내주며
별들이 흘리는 눈물에 자꾸만 작아지는
그것은 너였다.

열기에 취한 이 밤
발치에 주저앉은 벌건 심장 하나
이처럼 식지 않는 사랑은
너뿐이었다.

청솔모

청솔모 하나
총소리 잊은 나를 피해
도망간다.

순식간에 나무 꼭대기에 올라
낙엽 사이를 활공한다.
그것이 청솔모의 일.
그것이 자연이 맡긴 삶.

언젠가 바람 없는 가지 아래로 잎이 떨어진다면
그것은 청솔모인줄 알아라.

멈춰있는 구름

멈춰있는 구름을 보았다.
그럴 때마다
손으로 그늘을 드리우며
눈을 돌렸다.

그리고 오늘
더 이상 멈춰있는 구름은 없었다.
모두 자신의 속도대로,
모두 자신의 바람대로,
걸어가는 그 길.

잠시 멈춰 구름을 보자
멈춰있는 구름은 없다는걸.
사실은 이미 알고 있던걸.

오직 진정으로 멈출 때
우리는 볼 수 있다.
희망이 걸어가는 것을.

메타세콰이어 숲에서

메타세콰이어 나무가 좋아
하늘을 향한 곧은 의지도
땅을 닮아 부드러운 껍질도

들이마실 때면 고요한 삶의 역동이
내 속에 생명이 되고,
내뱉을 때면
그 또한 생명이 되는
그런 메타세콰이어 나무가 좋아

무지개 1

수도꼭지를 돌리자
물방울들이 투박한 포물선을 그리며
부서졌다.

모든 것에 슬픈 이에게
위로라도 던지는
무지개 하나.

손을 뻗으면 사라지고
뒤돌아 포기하려하면 다시금 또렷해지는
그것은 희망이었다.

인간이 자연에게

한 방울의 물도 만들지 못하는 인간에게
댐이라는 것은
자위이고, 자만이다.

한 그루의 나무도 키울 수 없는 인간에게
공원이라는 것은
강간이고, 착취이고,
비할 데 없는 폭력이다.

사과 하나로 시작한 역사는
사과 하나로 끝나야 할 텐데

죄를 연료 삼아 오늘도 도는 지구에
사과는커녕
나무조차 부족하구나.

거미 한 마리

거미 한 마리
바닥 기는 폼이 참 꼴사납다.

집 없이 돌아다니는 네 처지.
그러다 행여라도 집 지으면
바닥기던 네 모습 잊은 양
집들이 손님을 침 흘리며 바라보는구나.

그래
능글맞은 너를 보면
괜스레 나뭇가지 주어다가
마구 헤집고 싶어라.

숲 1

비에 젖은 숲내음에 취해
나무 사이를 걷다 보면
그늘 가장자리에 핀 이끼를 쓰다듬기도 하고,
나무 둥치에서 버섯을 찾기도 하고.

그러다 그치지 않는 비에 돌아가지 못하게 되어도
나는 좋다.

영락없이 숲에 갇힌 꼴이 좋다.

여름의 시작에서

뿌연 흙먼지를 뚫고
온몸으로 부딪히는 빗방울
싱그럽게 퉁긴다.

나뭇잎을 간지럽히거나
빳빳한 우산을 두들기거나
모두 한 소리.

그런 소리들에 젖어
우리의 여름은 시작되었다.

매미에 대한 짧은 시들

#1
여름이라고, 매미들이 한껏 소리 지른다
사람들의 아우성쯤은 아무것도 아니라는 양
휘-이 소리 지르곤
모두 한꺼번에 그친다.

언제나 소란스러운 우리와는 다르다.

#2
매미는 생물이다.
다만 목소리만 들릴 뿐
모습은 푸른 녹음 어딘가에 수수께끼로 남아
뙤약볕을 걷는 이들의 상상을 부추기는 생물.
그런 그들이 부럽다
소리만으로 실존을 증명할 수 있기에.

#3
만약 매미가
7년간 품어온 사랑이 아닌 다른 것을 노래한다면
여름은 과연 아름다울까.

아니 그것은 모르는 것.
사랑은 뒷전인 채 살아가는
인류는 알 수 없는 것.

#4
우리의 여름은
매미가 울기 전부터 시작하고
매미들이 떠난 뒤에도 끝나지 않는데
어째서 우리는 한참이나 먼 겨울을
그리워하는 건지.

겨울이 모든 것을 호령하고
함구하게 되면
그때는 매미를 그리워하겠지.

#5
먼 발치
하얀 창틀에 갇힌 나무
그 가지 어디선가
매미가 힘껏 운다.

찾아보자니
위에서부터 세 번째, 오른쪽 가지
인간의 방식으로 표현하자면 그쯤 되겠지만
매미는 그런 건 아무래도 상관없다는 듯이
훌쩍,
다른 가지로 날아간다.

이제는 영 못 찾겠거니 싶어
엉성하게 핀 그늘에 대충 주저앉자
그 놈,
다시 힘껏 울기 시작한다.

3부. rd

만만찮은 삶이라, 만만찮은 세상이라, 그리 생각한다.
모든 것의 시작에 가까운 내가 뭐라고
그런 말을 하냐마는,
오히려 그렇기에 드는 생각들이다.

말로는 표현할 수 없는 말을 찾으며
어른으로 한걸음 내디딘 날

아차,
중심을 잃고야 말았다.

赤, 그리고 思
———

영 모르겠다, 알고 있다고 생각했는데,
옳지 못한 일들이 만연하게 일어나는 것과,
옳다고 배운 것들이 숨죽이는 것을 보았다.

그런 세상에서 내가 할 수 있는 것이라곤,
내가 기억하는 것들을 기억하는 것.
문장을, 시를, 진리를.

그러다 보니 나는 나의 생각에 갇혀버렸다.
나만의 생각이었던 거지.
고립되어버렸다.
어른이란 그런 건가 보다.

짧은 시들

#1
거짓말은
마음에 부담을 지운다.
지우고,
또 지운다.

#2
자유가 온다
우리를 억압할

#3
숱한 거짓말이 예의가 되는 세상
세상의 거짓말은
단풍보다 붉다.

#4
늘 비교하고 비평한다.
그래야 하는 이유는 어디에도 없지만
우리는 늘 그래왔다.

어느 노숙자의 질문

취하고 싶은 오후
땅에 주저앉습니다.
어째서인지 저는 취할 수 없기 때문입니다.
일에도, 게임에도, 담배에도, 술에도.
그것이 축복인지, 저주인지는 모르지만
저는 취하고 싶었을 뿐입니다.

취하고 싶은 오후
저는 혼자였습니다.
어째서인지 모두 떠났기 때문입니다.
힐난하던 원수도, 가까웠던 인연도.
그것이 다행인지, 불행인지는 모르지만
저는 혼자였습니다.

누군가의 값싼 동정으로 살아가는 오후
빚진 삶이 묻습니다.
그대는 오늘 하루 사랑하셨나요.

제목없음 2

분명 인간에겐 너무 긴 시간이다.
그 넘치는 시간에 허덕이는 인간은
심지어 그마저도 부족해한다.

갈증은 인간에게 천성이니
그 오만한 높이에 떨면서도
또다시 하늘을 갈망한다.

분명
메말라가는 것은
토지만이 아니겠지.

기념일

촛불을 끄며
세상이 조금 더 나아지기를 빌었다.

그러나
모두 부질없는 일
밤을 적시는 패연한 빗소리에
나의 속삭임은 하늘에 닿지 않았다.

나는 다시 하늘을 향해 외쳤다.
그러자 우레 또한 세상을 호령해
나의 기도는 하늘에 닿지 않았다.

그래서인지
하루하루 세상은 병들어가더라.
서로서로 다투기만 하더라.

문명

분명
우리는 해야 할 것보다 많은 것을 했고
할 수 있는 것보다 적은 것을 했다.

슬퍼졌으면 슬퍼졌지,
결코
행복해지지는 않았다.

인류 쇠퇴론

서로를 속이는 데에
너무나도 익숙해진 우리
매일같이 창조되는 죄들로
오늘도 이 별은 허덕이고 있는데.

지금도 진화론이 맞다는 건가,
다윈.

나의 등대

밤하늘
별하나
달을 몰아낸 밤에 홀로 빛나는구나.

무너지지 않은 마음으로도
그 별을 볼 수 있다면 좋을 텐데.
손을 모을 수 있다면 좋을 텐데.

밤하늘
별하나
곧 나의 등대.
난파하는 영혼에겐 이보다 환한 건 없으니.

중앙선 할매

전철 한가득 된장 냄새 풍기는 할매
방금 만난 할매와
오늘 산 거냐고 큰소리로 묻는다.

다음 역에서
고작 몇 마디 나눈 사람 내린다고 하니
그 할매 표정
어째 슬퍼 보인다.

눈은 감았고
두 손을 맞잡으니
기도하는 건가.

후덥지근한 전철 한가운데
애먼 인생 하나 덩그러이 끝을 바라보는데
누구 하나 안부를 묻지 않는다.

쓰러지듯

고달픈 삶에 술병째 기울이는
옆 테이블 아저씨
흡사 아버지의 냄새가 났다.

의자에
쓰러지듯 앉고,
쓰러지듯 말하고,
쓰러지듯 화내고,
쓰러지듯 운다.

티비의 아나운서도,
저 말끔한 정장의 회사원도,
술집 사장님도,
바쁜 종업원도,

모두
쓰러지듯 앉고,
쓰러지듯 말하고,
쓰러지듯 운다.

그렇게 모두 쓰러지듯 살아간다.

자화상 1

설교 중
의자 밑 어딘가
벌레 한 마리 뽈뽈뽈 기어 나온다.
그렇게 한동안 길 잃고 방황하더니
교회 의자 어딘가
다시 그림자 속으로.
무엇이 두려운지 숨어버린다.

그것은 나였다.
그것은 나였다.

죄수

고질적인 외로움으로
오늘을 살았다.
그러므로 우리는 죄수,
사람들 사이에 갇힌 죄수.

정작
우리를 둘러싼 간수들은
평등이니, 정의니,
어울리지 않는 이름표를 달고
지들끼리 히히덕거리는데.

같잖은 죄들로
살아갈 수밖에 없는 우리.
그러나 서로를 향한 건
관심이 아닌 손가락질.

그러므로
우리는 모두 죄수.
서로에게 갇힌 죄수.

직업정신

멀건 하늘 아래
버젓이 살고 있는
얼간이 하나.

매일 같은 삶을 꿈꾸며
밤마다 거리에 불을 밝히는
얼간이 하나.

하하, 매너리즘이라뇨.
제가 하루라도 쉰다면
꺼먼 밤 동안 사람들은 집을 찾을 수 없을 텐데요.
이런 얼간이에게도 시켜준다니
오히려 과분한 일이죠.

벌건 세상
우직이 살아가는
얼간이 하나.

오늘 돌아갈 길
그가 밝혔건만.

사랑 2

한동안 들끓었던 뉴스가
이제는 하늘마저 움직인 걸까.
뜨거웠던 여름 한 켠에
느닷없는 소나기가 내렸다.

산등치에서 일렁이는 비의 손짓
그것은 너무나 지구를 사랑한 나머지
부드럽게 쓰다듬지 않고
따귀를 때렸다.

그것은 사랑이었다.
나무 몽땅 베인 곳을 향한 그것을
사랑이 아니면 뭐라 부르나.
주차장 구석에 몰린 장애인 구역에도 공평하게 내린 그것을
사랑이 아니면 대체 뭐라고 부르나.

오늘도 나는 사랑을 배웠지만
지금은 비를 피해 숨는다.

인류 역사

태양이 버젓이 살아있는 곳에서 외치는 소리.
정의라느니, 평등이라느니, 평화라느니.
아주 시끄럽습니다.

인류 역사를 되짚어보면
그런 것들은 불한당 같은 놈들의 말버릇이랍니다.
우리에겐 결코 허락되지 않는 것들이라고,
운이 좋다면 그것들이 우릴 소유할 것이라고.

대대교회에서

하나님
저는 미약한 존재입니다.
바이올린을 놓은지 오래된 손은
이젠 소총이 더 익숙합니다.
연습도 어제 하루밤에 하지 못했고,
두근거려 잠도 잘 못잤습니다.
이외에도 저는
이 많은 장병 앞에서 179개의 변명을 늘어놓을 수 있습니다.

그러나,
제가 이곳에서 주님을 찬양하지 않을 이유는 없습니다.
이곳에서 오직 주님만이 찬양받으시고
홀로 영광 받으소서.

연병장에서 2

너무나도 더운 날씨엔 혼자 있고 싶기 마련이다.
저 봐라,
새조차 혼자 날고 있지 않으냐,
구름조차 홀로 가지 않느냐,
애초에 이런 더위를 이기려는 건
인간의 오만이고, 자만이다.
가끔 지는 것도 용서할 수 없는 우리
대체 언제까지 이기려하는 걸까.

원 안의 거리

죽은 시인의 사회
어색하기 그지없는 제목에
낭만을 느껴 책을 집어든다.
역시나 책 내용과는 너무 멀리 떨어진 제목
너무 떨어진 나머지
다시 원점이다.

생명도, 존재도 그러하다.
살다 보니 사는 우리.
생명과는 너무 동떨어진 우리.
기적을 믿지 않는 삶에 가치는 있을까.
만약 기적을 믿는 삶이라면
우린 허무를 넘어설 수 있을까.

그건 분명 모르는 일.
생명과 너무나 떨어진 나머지
다시 생명에 가까워진다.

제목없음 4

차갑게, 싸늘하게.
세상은 그리 가르쳤습니다.
아무리 소리 질러도 뒤돌아보지 말라고,
아무리 애원해도 물러서지 말라고,
그런 세상에 저는 살아남았습니다.

티비가 연신 말하길
어느 날 전철 사람 손이 끼었더라,
누가 쓰러졌고, 누가 죽었고..

눈물이 말라버린 세상을 향해
비가 추적추적 내리면,
나는
우려했던 대로
울어버리고 맙니다.

어른되기

모두가 눈독 들인 것에 눈이 멀어
작은 손으로 쥐었던 것을 놓친다면,

이해하지 못하는 말들을 외우고
자신에게 하는 거짓말이 익숙해진다면,
결국, 어른이 되고 마는구나.

입에는
때론 담배 연기보다 쓴 비애를,
때론 사탕보다 달콤한 거짓말을.

그렇게 어른이 되고 나선
기억을 파먹는 병에 걸리기 전까진
돌아올 수 없다.
아이로.

될 뜨까지

낚시꾼 그득한 강가
검녹색 강물을 뚫고 고기 한마리 고개를 내민다.
죽기를 각오하고 숨을 들이마시지만,
웬걸.

담배 깊게 들이마시며 낚시꾼이 말하길,
에잉 포기할랑가.
힘없이 휘적거리는 낚싯대
애먼 그를 물속 깊이 쳐박는다.

혀 끌끌차며 낚시꾼이 말하길,
될 뜨까지 하는거여,
될 뜨까지.

꽃이 피는 이유

자유가 방종이 아니되기 위하여
오늘도 꽃이 핀다.

자유가 방종이 아니되길 위하여
오늘도 꽃이 피지만.

담배연기의 그대

담배연기의 그대,
그대의 고뇌는 달게만 느껴지네요.
아무리 쓴 비극을 걸어왔다 해도
아무리 처절하게 살아남았다 해도
그것은 과일향에 지나지 않네요.

인상 찌푸린 그대,
그대의 고뇌는 구름보다 가벼워 보이네요.
축 처진 어깨에 짊어진 무게,
그러나 그것은 홀가분한 그대 표정만도 못하겠지요.

자신의 몸을 제단 삼아 불태우는 겁니까.
속죄제라도 드리는 거랍니까.

그렇기엔 너무나 무기력한 표정.
분명,
사랑하는 이에겐 보여주지 않는 표정이겠지요.

눈이 녹으면

정든 친구가 묻길,
눈이 녹으면 무엇이 되냐.

내가 대답하길,
눈이 녹아도
본질은 변하지 않아.

참새와 허수아비와 폭풍

참새가 말하길,
폭풍이 온단다.
아무도 피할 수 없는 폭풍이
들판의 모든 알곡을 쓸어갈 거란다.

그러자 허수아비가 말하길,
창공을 가르는 먹구름을 향해
더 이상 고개 숙이지 말자.
길가에 핀 민들레보다 추한 것들에게 작별을 고하고,
두려움에 뭉개진 영혼을 가다듬어
엄숙히 기도를 드리자.

허수아비,
그 초연한 웃음.
그만 덜컥 믿어버리고 말아
한낱 소나기에 그를 붙잡는다.

만만찮은

만만찮은 삶
전철에 오른 사람들
어디에도 희망이 없지만
어떻게 이리 사는 건지.

마음은 들끓다 못해
왈칵,
쏟아졌다.

이제 와서 담을 수도 없는 노릇
차라리 쏟아놓았다.

손에게 작별을

오늘로써 이 손과도 작별이다.
하루를 살아갈 때마다 고통뿐인 손과
이제는 작별이다.

이것은
사랑하는 여자를 안을 수도 없는,
쓸모 없는 손이다.
이것은
아름다운 시조차 쓰지도 못하는,
불행한 손이다.

내일이 되면 이 손을 댕강 잘라버릴 테니.
모레가 되면 손이 있었다는 사실마저 잊을 것이니.
오늘은 오만하기 짝이 없는 손을 모아
기도한다.
그런데 그마저도 잘 안 된다.

별을 쓰다

새벽닭이 울기 전
별을 쓴다.
모두가 움츠린 밤하늘에
별 하나를 그려본다.

그것은
더 나아질 희망이고, 행복이고,
정의이고..

새벽닭이 울기 전에
우리의 별을 다시 쓴다.
잠깐이나마 잘못된 것을 바로잡아본다.

야누스의 기도

주님 저는 오른쪽 어깨가 뒤틀렸고,
고개도, 턱도 오른쪽으로 휘었습니다.
그러나 이런 외모보다 더 흉측한 것은,
주님 앞의 삶과 세상 속의 삶이 다르다는 겁니다.
마치 저 쓰러져가는 모래 위의 야누스처럼
매일 같은 죄를 짓고, 매일 같은 기도를 드리며
매일 같잖은 삶을 삽니다.
이런 제가 바라는 것은
저의 죄악된 부분을 도려내고 주의 사랑으로 채워지는 것.
비록 그것이 심장일지라도.
스올로 향하는 발걸음을 돌려 주의 영광 보게 하소서.
죄를 반복하는 입술을 들어 주를 찬양하게 하소서.
저의 행동에서 주님의 이름만이 홀로 높임 받으소서.

예수 그리스도의 이름으로 기도드립니다,
아멘.

4부. lov

사랑이란
내가 아는 가장 큰 기적.
기적이라 여겨 나에게서 멀어지는 걸지도 모른다.

슬픔이란
나에게 사랑의 한 형태.
믿고 싶지만, 아직은 믿어지지 않는다.

赤
그
리
고
思
———

누군가는 이렇게 말합니다,
이루어질 수 없는 사랑이라 더 아름다운 거라고.
근데 그게 또 글쎄
나에겐 아니더랍니다.
보험사 이용약관의 예외조항같은 게
나에게도 붙어있는 건지,
나에겐 사계절보다 흔한 일이기 때문입니다.

사랑이라 말하면, 눈물이 필요하기 마련.
지금까지는 그렇습니다.

아버지 1

그네를 밀어주시던 손은
이제 푸석하게 말라버렸습니다.
밤새 이불을 덮어주시던 손도,
나를 붙들어 주시던 손도.

아버지는
아직도 나를 아기로 생각하시는지,
쇠진 몸을 웅크려 바지 깃을 매만져 주십니다.
그럴 때마다
아버지께 전화 몇 번도 아쉬워한 내가 떠올라
눈을 질끈 감습니다.
고갤 들어 하늘을 바라봅니다.

이제는 노쇠해진 아버지.
자꾸 해준 게 없다고 자책하시는 아버지.

나는
훌륭한 아버지를 두었습니다.

어머니의 편지

나의 아이에게

네가 태어나는 순간, 세상의 모든 역경이 나를 바라보았다.

이전까지는 감당할 수조차 없었던 일들이

순식간에 내 앞에 들이닥쳤단다.

그러나 너 없는 평안을 누리느니

차라리 네가 주는 고통을 겪는 편이 더 낫구나.

너는 그런 아이란다.

밤 열다섯

아무도 기다리지 않는 집에
과도 하나와 밤 열다섯.

직접 까보자니
30분 걸려 겨우 하나 깠습니다.
이렇게나 수고스러운 것을,
어머니는 내가 돌아올 집에
남겨놓으셨구나.
기다리셨구나.

밤 하나를
오독오독 씹으며
어머니, 어머니, 어머니.
고요가 마주 앉은 자리에
어머니 모습이 그려졌습니다.

첫사랑

잊고 싶은 사랑은
언제까지고 나를 시작으로 되돌려 놓았고,
어느샌가 정신 차리고 보면
너와 닮은 사람을 쫓고 있었다.

그러니 이제는 잊고 싶어
응어리진 기억을 품고 살기엔
인생이 너무 길기에.
심장을 도려내어
이제 그만 잊고 싶어.

잠바

아직 어둠이 가시지 않은 새벽
너무나 추워 다리가 달달 떨립니다.
그런 저를 보시고 앞서가던 길을 되돌아오신
아버지.

어때, 아빠 잠바 따뜻하지.
너 입고 있어 감기걸리지 말고.

기침을 연신 내뱉으시는 아버지.
아버지가 건네주신 잠바에는
매운 담배 연기가, 진한 땀자국이 남아있었습니다.

내겐 너무 커 땅에 끌리는걸
괜찮다고 손사래 쳐보지만
기어코 씌워주신 아버지의 잠바.
따뜻한 등에서 느껴지는
아버지.

그래서 저는 아직도
외투를 잠바라 부릅니다.

해가 질 때 우는 닭

해가 질 때 우는 닭이 있더라.
밤새 나를 괴롭히는 그 소리.

닭이 말하길,
잠든 사이에 사라진 자식 찾아 운다더라.
지켜주지 못한 자식에게 미안해 운다더라.

해 대신 밤을 쫓는 소리.
목청껏 우는 닭소리에
뒤척이는 건 내 마음.

봄

떨어진 꽃잎은
임 따라 떠났겠지만,
기억은 잔혹하게도 지워지지 않습니다.

돌아올 봄이야,
아직 남아 있긴 하겠지만,
당신이 아닌 그것은 흙먼지나 다름없습니다.

그러한 연유로 나는
이토록 상냥한 바람에도 눈물 흘립니다.
어째서 나에게 봄은 이렇게 잔혹한 계절일까요.

사랑한다는 말이

사랑한다는 말이 끝날 수 있다면
그 얼마나 아름다울지.

사랑한다는 말이 끝나지 않는다면
그 얼마나 아름다운지.

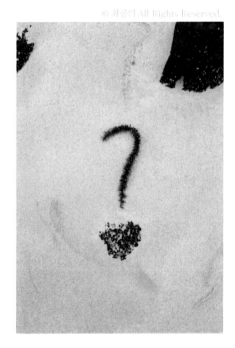

태풍 중에 전하는 편지

태풍 중에 안녕하신가요.
이곳은 이국의 태양이 버젓이 떠 있고,
이국의 모래사장, 이국의 파도,
이국의 여인들까지
모든 것이 상냥합니다.
장난꾸러기 파도는 나를 잡아먹을 듯이 끌고 가더니
언제 그랬냐는 듯 다시 밀어냅니다.
질리지도 않는지, 그 장난만을 마냥 반복합니다.
이곳의 사람들은 내게 환하게 웃어주곤 합니다.
피부색이 달라서인지, 아니면 이목구비가 달라서인지.
그 까닭 없는 웃음으로 음식을 가져다주네요.
그러나 이곳도 그대가 없으니 한낱 이국입니다.
구름이 몰려오고, 가끔 비가 오고,
사실은 내 이야기보다 주머니에 있는 지갑을 더 좋아하는.

태풍 중에 안녕하신가요.
만약 태풍 중에 옆자리가 비어있다면
내가 그곳으로 가도 될까요.
해는 가려지고
비바람이 상냥하지 않더라도.

어머니 1

봄을 맞아 나들이
실컷 놀구선 잠이 들었지.
아주 어릴 적 기억.

그때의 번데기는
내 안에서 나비가 되었고,
그때의 나비는
이미 나를 떠나가 버렸는데,

맥여 살리랴, 배우게 하랴,
추억 만들어주랴,
어느새 닳아버린 어머니의 이름.

어머니,
그 젊은 날의 어머니는
나에게 너무 큰 사랑을 주셨나 봅니다.

헤어져야만 했던 인연

헤어져야만 했던 인연을
만난 길모퉁이

나 혼자 품었던 감정이,
그때로 끝났어야만 했는데.
그저
어떠한 자취도 남기지 못한 채 흩어지는 민들레처럼
지나갔어야만 했는데.

네가 웃어
다시 심장이 뛴다.
그런 것도 모르고 넌,
근황을 묻는다.

분명한 사실

보내줘야만 했다.
이제 그만 익숙해져야만 했다,
그것이 나에겐 사랑의 한 형태이기에.

어디로 향할지 모르는 마음이
어디로든 향할 수 있게.

요즘 나의 일상

너무나 바빠
살지 못한 채 지나간 하루가 있었습니다.
너무나 아파
흘리지 못한 눈물도 있습니다.

가깝고도 닮은 둘에게
등을 돌릴 수 없어
나는 살고 싶지 않은 하루를 삽니다.

사랑하는 만큼
나는 눈물 흘리고
잊지 못한 만큼
그대를, 그대를.

그것이 당신이 묻는
요즘 나의 일상입니다.

첫눈

첫눈이었다.
더 이상 두근거리지 않는 마음에
겨울이 찾아온 것은 내 마음이었음을.

그대는 떠났습니다

그대는 떠났습니다.
그럴 때가 오지 않았지만,
애써 갈 필요도 없었지만,
그대는 떠났습니다.
이제는 빈 공간만이 덩그러니
너무나 큰 그곳에
이름 석 자 떡하니 쓰고는
훌쩍 그대는 떠났나 봅니다.
그곳을 메우면 안 될 것만 같아
무기력하게나마 기억을 더듬게 만듭니다.
그렇게 더듬다 보면 그대의 옷깃이,
말버릇이, 특유의 웃음이,
모두 기억나버립니다.
그 날, 그 농담
우리의 웃음소리는 어디로 갔는지,
그대가 영 가져간 것인지,

빈 공간의 그대여,
빈 공간만이 그대여,
그대 이름 석 자 꾹꾹 눌러써봅니다.
터져 나오는 눈물 꾹꾹 눌러
다시 한번 되뇌입니다.

새벽녘에

빛나지 못해 저무는 별과
어둠을 기다리는 한 사람.

때가 되면 너는 누구보다 밝을 거라며,
모두가 새근대며 잠에 허덕일 때
어머니는 오늘도
또 하나의 빛을 쏘아 올리십니다.

오늘의 외로움을 눌러 담은 눈시울은
내일의 너에게 활짝 웃어주기 위해.